Edición publicada por Parragon en 2012

Parragon Books Ltd
Chartist House
15-17 Trim Street
Bath, BA1 1HA, UK
www.parragon.com

Traducción: Míriam Torras para Equipo de Edición, S. L.
Redacción y maquetación: Equipo de Edición, S. L., Barcelona

ISBN 978-1-4454-9812-6

Impreso en China/Printed in China

Los tres cochinitos

Texto de Kath Jewitt

Ilustraciones de Mei Matsuoka

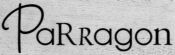

Bath · New York · Singapore · Hong Kong · Cologne · Delhi
Melbourne · Amsterdam · Johannesburg · Shenzhen

Había una vez tres cochinitos que vivían en una acogedora casita situada sobre una colina.

Les encantaba comer toda la deliciosa comida que su madre les preparaba cada día. Comían tanto que al cabo de poco tiempo ya no había suficiente espacio para ellos en la acogedora casita.

«Lo siento –les dijo su madre una mañana–, pero ha llegado el momento de que se enfrenten solos al mundo».

Así que al día siguiente los tres cochinitos se marcharon de casa.

«No se olviden de vigilar si viene el lobo feroz –les alertó su madre mientras les decía adiós con la mano–. Él quiere comérselos, así que deben construir una buena casa grande y resistente tan rápido como puedan para mantenerse a salvo».

«¡No te preocupes, mamá! –chillaron–. ¡Sabemos cuidar de nosotros mismos!».

Y los tres cochinitos bajaron trotando la colina, cada uno tomando un camino diferente.

Poco después, el primer cochinito se encontró con un granjero que tiraba de una carreta llena de paja.

«Disculpe, ¿podría venderme un poco de paja para construirme una casa?», preguntó el cochinitos.

«Por supuesto —contestó el granjero—, ¡pero una casa de paja no será muy resistente!».

Pero el cochinito no le
hizo caso. Al rato estaba
ocupado apilando los haces
de paja para su nueva casa.

En un abrir y cerrar de ojos, la
casa de paja estaba terminada
y el cochinito entró para hacer
una siesta.

Acababa de cerrar los ojos
cuando alguien llamó a la puerta.

Era el lobo feroz. ¡Y estaba hambriento!

«¡Cochinito, cochinito, déjame entrar!», rugió el lobo.

«¡No! –gritó el cochinito–. ¡Por nada del mundo te dejaré pasar!».

«Entonces soplaré y soplaré… ¡y tu casa derribaré!», rió el lobo. Y esto fue justo lo que hizo.

¡BUFF! ¡BUFF! ¡BUUUUFF!

Mientras tanto, el segundo cochinito iba caminando por la carretera cuando vio a un leñador apilando troncos de madera.

«Disculpe, ¿podría venderme algunos troncos de madera? —preguntó de manera educada—. Quiero construirme una casa».

«Por supuesto —le contestó el leñador—, ¡pero una casa de madera no aguanta demasiado!».

Pero el cochinito no
le hizo caso. Estaba muy
ocupado planeando su
nueva casa de madera.

Pronto la casa estaba terminada. El cochinito se acababa de sentar para descansar cuando alguien llamó a la puerta.

Era el lobo feroz. ¡Y ahora estaba todavía más hambriento!

«¡Cochinito, cochinito, déjame entrar!», rugió.

«¡Jamás! ¡Por nada del mundo te dejaré pasar!», gritó el segundo cochinito.

«Entonces soplaré y soplaré... ¡y tu casa derribaré!», exclamó el lobo. Y eso fue justo lo que hizo.

¡BUFF! ¡BUFF! ¡BUUUUFF!

Mientras tanto, el tercer cochinito se había encontrado con un albañil.

«Disculpe, ¿podría venderme algunos ladrillos para construirme una casa?», le preguntó.

«Por supuesto –contestó el albañil–. ¡Una buena y resistente casa de ladrillo durará para siempre!».

El tercer cochinito hizo caso del consejo del albañil. ¡Construiría la casa más resistente del mundo!

Finalmente, después de un duro día de trabajo, la casa estaba terminada. Tenía cuatro resistentes paredes de ladrillo, un tejado de tejas, una puerta de madera maciza y una gran chimenea.

El tercer cochinito acababa de poner una olla con nabos en el fuego cuando vio a sus hermanos corriendo por el camino, seguidos muy de cerca por el lobo feroz.

«¡Rápido! –exclamó el tercer cochinito–. ¡Escóndanse aquí dentro!».

El lobo, que ya estaba muy hambriento,
golpeó con fuerza la puerta maciza.

«¡Cochinitos, cochinitos, déjenme entrar!», rugió mientras sus tripas le sonaban de hambre.

«¡Nunca! ¡Por nada del mundo te dejaremos pasar!», exclamaron los tres cochinitos.

«Entonces soplaré y soplaré... ¡y la casa derribaré!», se burló el lobo.

Entonces SOPLÓ...
y SOPLÓ...

y SOPLÓ...
y SOPLÓ...

Pero la casa de ladrillo se mantuvo firme.

¡El lobo estaba furioso! Trepó hasta el tejado y se deslizó por la chimenea.

«Si no puedo derribar la casa, ¡me deslizaré por la chimenea y devoraré a los tres cochinitos!».

El lobo feroz saltó y aterrizó con un gran ¡CHOF! en la olla de los nabos que hervía en el fuego de la chimenea.

¡AAAAAÚUUUUUUUU!

Brincó con un grito, salió corriendo de la casa y nunca más lo volvieron a ver.

Y los tres cochinitos vivieron felices para siempre en la casa de ladrillo.

Fin